Tapas enamoradas

verliebte Häppchen

Kurzgeschichten von Susanne Baumeister

Tapas Enamoradas
Verliebte Häppchen

Bibliografische Information der Deutschen Nationalbibliothek
Die Deutsche Nationalbibliothek verzeichnet diese Publikation in
der Deutschen Nationalbibliografie; detaillierte bibliografische
Daten sind im Internet über http://dnb.d-nb.de abrufbar.

© 2009 Susanne Baumeister
Herstellung und Verlag:
Books on Demand GmbH, Norderstedt
ISBN-13: 9783837087468

Zu diesem Buch

Die Liebe in kleinen und großen Momenten, dies bestimmt
den Erzählbogen dieses Büchleins.
Zum Lesevergnügen gibt es dann noch zu jeder
Kurzgeschichte ein Tapas-Rezept, denn bekanntlich geht
sie ja auch durch den Magen.

Die Autorin

Susanne Baumeister wurde 1961 in Krefeld geboren und
lebte drei Jahre mit ihrer Familie auf Mallorca. 2003 ist sie
wieder in ihre Heimatstadt zurück-gekehrt und möchte
ihren alten Traum vom Schreiben wahr werden lassen.

Für Paul,

meine große Liebe

Tapas Enamoradas
Verliebte Häppchen

Inhaltsverzeichnis

Tapas Enamoradas
Verliebte Häppchen

Vorwort

Dieses Buch nimmt uns mit auf eine Reise, nicht nach Fahrplan oder organisiert. Nein, es ist vielmehr eine Sightseeing-Tour.

Man erhält einen kurzen Einblick in eine Gefühlswelt, einen Augenblick der Geschichte. Nie das Ganze, aber doch genug, um mit zu erleben, was dort passiert.

Die Geschichten sind melancholisch, lustig, hoffnungsvoll, augenzwinkernd, lustvoll, ernst, aber immer auf die ein oder andere Weise wahr. Eben wie die Liebe!

Jeder von uns wartet auf das große Glück, das einzige Los mit Hauptgewinn. Die Kunst ist es, die kleinen glücklichen Momente zu leben und nicht zu schmälern, weil doch nur das große zählt.

Da Essen und Lieben eng miteinander verbunden sind, sei es als Trost oder Bereicherung, begleitet jede Geschichte ein Gericht.

Und wie könnte es anders sein bei einer Kurzgeschichte? Selbstverständlich auch hier nur ein „Häppchen", wie das Fingerfood von heute früher hieß. Auch sie nur ein Teil des Menüs, eine Idee von dem, was kommen kann.

Genießen Sie beides nach Herzenslust und freuen Sie sich auf Kleinigkeiten!

Aber wenn mir jemand vorher gesagt hätte, dass Liebe so weh tun kann, hätte ich vielleicht die Finger davon gelassen...

... und wenn mir einer gesagt hätte, wie viele Kalorien in diesen Tapas stecken, dann hätte ich möglicherweise auch das gelassen. Aber wie immer ...

... in entscheidenden Situationen ist keiner da, einen zu warnen!

Die Liebe

Manche sagen, lieben heißt,
jemanden lieber zu haben als die meisten
anderen.
Wieder andere meinen, Liebe wäre
das sexuelle Spiel mit dem Partner.

Verständnis, Vertrauen, Glück,
Hoffnung, Leidenschaft, Zufriedenheit;
dies sind Begriffe der Liebe.

Ich aber meine, dass Liebe bedeutet:
Gut, dass du da bist!
Gut, dass es dich gibt!

Susanne Tophofen, 1980

Tapas Enamoradas
Verliebte Häppchen

Liebe, Treue, Sehnsucht, Hass
Tapa N°1: Ensalada de lentejas

Wie oft haben wir Mädchen dieses Spiel auf die Probe gestellt, wie oft uns dabei selbst beschummelt und manipuliert? Keine Ahnung, ich weiß es nicht!

Für diejenigen unter Ihnen, denen das nicht bekannt ist, hier eine Kurzbeschreibung:
Sie schreiben den Namen des begehrten Objektes auf ein Blatt Papier und Ihren eigenen darunter. Dann streichen Sie gleiche Buchstaben gegeneinander aus. Die übrig gebliebenen werden mit „Liebe, Treue, Sehnsucht, Hass, Liebe ..." ausgezählt.

Der Selbstbetrug variierte von „Nur-der-Vorname" bis „Nur-der-Spitzname", ja, bis dann endlich „Liebe" oder zumindest „Sehnsucht" herauskamen.
Wenn alle Stricke rissen, gab es noch die Strategie: Gegensätze ziehen sich an!

Berücksichtigt man die Zeit, die viele Mädchen meiner Generation damit verbrachten, etwas herauszufinden, was auf einfacherem Weg und auch fernab der Glaskugel-Methode zu erfahren ist, bedeutet das ein halbes Menschenleben Rätselraten.

Warum taten wir das?

Eine Alternative für das Kaffeesatzlesen und Kartenlegen, die Methoden der großen Mädel von heute?

Und manchmal erwische ich mich heute noch bei dieser Beschäftigung und meine Enttäuschung ist genauso groß wie damals, wenn ein Hoffnungsträger namenstechnisch versagt.

Ensalada de lentejas
Linsensalat

300 g kleine Linsen (Berg- oder Puylinsen)
1 Zwiebel
2 Karotten
1 Petersilienwurzel
1 Stück Knollensellerie
1 l Gemüsebrühe (ungesalzen) oder Wasser
200 ml Rotweinessig
1 Knoblauchzehe, zerdrückt
1 Bund Petersilie, gehackt
Salz, Pfeffer
Olivenöl

Die Linsen waschen, dabei die oben schwimmenden entfernen; eventuell einweichen (bei den genannten Sorten nicht nötig).

Die Zwiebel, die Wurzeln und das Gemüse schälen und putzen; in sehr kleine Würfel schneiden.
Die Zwiebeln und die Hälfte der Wurzeln in einem nicht zu kleinen Topf in Olivenöl anschwitzen.

Die Linsen (ohne Einweichwasser) dazugeben und die Gemüsebrühe angießen.

Kurz aufkochen lassen, dann die Temperatur herunterdrehen und auf kleiner Flamme zugedeckt ca. eine halbe Stunde lang köcheln lassen.

Wenn die Linsen noch knackig sind, die restlichen Wurzeln dazugeben und kräftig salzen.

Die Hälfte des Rotweinessigs dazugießen, einmal aufwallen lassen und vom Herd nehmen.

Mit dem restlichen Rotweinessig, dem Knoblauch, Salz, Pfeffer und Olivenöl abschmecken.

Kalt stellen und vor dem Servieren die Petersilie dazugeben, umrühren und nochmals abschmecken.

Verpasste Gelegenheit
Tapa N°2: Patatas Bravas

„Ich liebe dich!" ---

Einstürzende Mauern, reißende Flüsse, Türen, die sich öffnen ... „Ich liebe dich!" drei kleine Worte, so oft gesagt, so selten gemeint und doch immer wieder neu. Man betritt das Paradies des anderen, man darf eintreten.

Sie zögert: „Meint er das wirklich? Kann ich das glauben?"

Sie spürt, wie diese Gedanken den Spalt schließen, der sich vor ihr geöffnet hat. Sein Gesicht zeigt Enttäuschung.

Schnell will sie noch hindurchschlüpfen, aber es ist zu spät. Sie weiß, nie wieder wird sie ihm so nah sein.

Er denkt überrascht: „Was habe ich gesagt? Meine ich das?" Er hört und fühlt ein klares „Ja!" in sich aufsteigen. Glücklich schaut er in ihr Gesicht und erstarrt innerlich. Sie glaubt ihm nicht, nein, noch schlimmer, sie liebt ihn nicht!

Verletzt und peinlich berührt macht er dicht. Er weiß, dass er sich ihr nie mehr so nähern wird.

Beide verharren in der letzten Regung und dann, fast gleichzeitig, fangen sie hastig zu sprechen an.

Sie: „Ich dich auch!"
Er: „Haha, ich weiß auch nicht, was da in mich gefahren ist!"
Erschrockenes Schweigen breitet sich aus.

Jetzt wäre der Moment, sich zu umarmen und auf den anderen einzulassen. Aber frühere Ängste und Enttäuschungen steigen wie die Geister der Erinnerung auf und ohne sich noch einmal zu berühren, stehen beide auf, ziehen sich ohne ein weiteres Wort Rücken an Rücken an und verlassen das Hotelzimmer.

Ein letzter Blick, schmerzvoll, aber der Mut ist verflogen, wie ein zarter Duft in kalter Winterluft.

Patatas Bravas
Beherzte Kartoffeln

8-10 mittelgroße, festkochende Kartoffeln
1 Zwiebel, gewürfelt
2-3 Knoblauchzehen, in Scheiben geschnitten
1 Chilischote, gehackt
450 g geschälte Tomaten ohne Saft, zerdrückt
100 ml trockener Weißwein
1 kleiner Zweig frischer Rosmarin
1 Lorbeerblatt
Salz, Pfeffer, Zucker
Olivenöl

Die Kartoffeln schälen und in ein bis zwei Zentimeter große Würfel schneiden.

Mit dem Olivenöl in einer Pfanne oder im Ofen goldgelb braten, dabei leicht salzen.

In einer weiteren Pfanne die Zwiebeln in Olivenöl anschwitzen.
Den Knoblauch und die Chilischote dazugeben und kurz mitdünsten lassen.

Die Tomaten und den Weißwein zugeben, danach den Rosmarinzweig und das Lorbeerblatt. 10 – 15 min einköcheln lassen, bis der Sud leicht eingedickt ist.

Mit Salz, Pfeffer und Zucker abschmecken, über die Kartoffeln geben und sofort servieren.

Liebe im Dunkel
Tapa N°3: Pavo Picante

Es ist Nacht. Sie geht die stille Straße entlang. Kein Mensch, nur sie und das, was kommt.

Sein Anruf, wie immer, schneller Atem voller Lust: „Komm!" Und da ist sie, Schauer jagen durch ihren Körper, ihr Schoß ist feucht.

Die Tür steht offen, er wartet auf sie. Der erste Kuss, immer wie das erste Mal: gierig, hungrig und voller Verheißung...
Erschöpft, aber wach, sitzen sie nebeneinander, noch verschmolzen in ihrer Leidenschaft und Vertrautheit.

Die Zeit verrinnt wie die Tropfen, die aus ihrem Innern fließen. Gespräche, leicht wie eine Sommerbrise, fliegen zwischen ihnen hin und her.

Es ist spät oder früh, sie muss gehen. Die andere ist plötzlich wieder da, sie, der er sich versprochen hat.

Sie nimmt seinen Duft mit und wird diese Nacht gut schlafen. Umschlungen von diesem Aroma fühlt sie sich wie in seinen Armen gehalten.

Das Duschen am nächsten Morgen schiebt sie so lange hinaus, bis sie sich fertig machen muss.

Ein neuer Tag, ein neues Hoffen auf seinen Anruf: „Bist du noch wach?" Ein neues Beben und Erzittern, wenn sie seine Stimme hört.

Wird er es dieses Mal zulassen? Werden sie dieses Mal ein Paar?

Die Wochen vergehen und ihr wird klar, dass er sich zwischen ihr und der anderen Frau zerreißt. Er beginnt, sich dafür zu hassen, dass er ist, wie er ist.

Er will diesen Teil von sich nicht haben, diesen Teil, den er mit ihr lebt. Es ist nur noch eine Frage der Zeit ...

Pavo Picante
Scharfes Putenfleisch

500 g Putenbrust
3-4 frische Chilischoten, gehackt
3 EL Honig
1 cm frische Ingwerwurzel, geschält und
gehackt
1 Knoblauchzehe, gehackt
100 ml Geflügelbrühe
2 EL Pflanzenöl
1-2 Frühlingszwiebeln

Die Putenbrust in dünne Streifen schneiden und dann mit den Chilischoten , dem Honig und etwas warmem Wasser gut ver-mengen.

Den Ingwer und den Knoblauch in Öl kurz anbraten.

Das Fleisch dazugeben und unter ständigem Wenden hellbraun braten.

Mit der Geflügelbrühe angießen und bei großer Hitze schnell einkochen, dann vom Herd nehmen.

Die Frühlingszwiebeln putzen und in sehr dünne, ca. 5 cm lange Streifen schneiden.

Die Pute mit den Frühlingszwiebeln garnieren und sofort servieren.

Junges Gemüse
Tapa N°4: Cebollitas en escabeche dulce

Lecker, lecker, so was von saftig! Ihre Augen weiten sich und sie muss schlucken. Sie vergewissert sich schnell, ob sie auch niemand beobachtet hat.

Puh, Glück gehabt! Ist keinem aufgefallen! Sie konzentriert sich wieder auf ihre Lektüre.

„Entschuldigen Sie, ist der Platz noch frei?" Sie schaut hoch und wünscht sich in diesem Moment einen intelligenten Gesichtsausdruck, doch sie weiß, dass sie sich darauf keine Hoffnungen zu machen braucht. Sie glotzt ihn bestimmt wie eine hirnlose Kuh an!

„Entschuldigung?" Oh, mein Gott, er steht immer noch da. Jetzt sollte sie langsam doch etwas sagen: „Aber natürlich." Oder irgendetwas anderes Banales. „Du bist eine erwachsene Frau, jetzt komm schon!" ermutigt sie sich.

„Wenn Sie unbedingt möchten!?" Oh, nein, die arrogante Tour, sie, Dame von Welt! Sie versucht ein freundliches Lächeln, aber es ist irgendwie verrutscht. „Gut, du hast es versiebt!" resigniert sie.

Er bestellt einen Capuccino und lächelt sie an. Sie schaut sich wieder diskret um, ob auch keiner über sie lacht. Sie, eine Mittvierzigerin, mit einem zwar wirklich appetitlichen, aber gerade der Schule entsprungenen Jungen. Tut das Not? Nein!

„Sind Sie alleine hier?" „Nein, die anderen haben sich nur versteckt." Ein lauer Witz, aber egal, das wird ihr nun doch zu eng!

„Haben Sie jetzt frei?" Sie staunt nicht schlecht, ganz schön frech, dieser Kerl! Sie versucht es mit der „kalten Schulter": „Was geht Sie das an?"

Er antwortet nicht, sieht sie aber still an und sein Blick beschämt sie. Warum hat sie das getan? Nur, weil es ihr peinlich ist, was die anderen denken könnten. Über sie und was sie über ihn am Anfang gedacht hat?

„Entschuldigen Sie, das war sehr unhöflich von mir. Ja, ich bin alleine hier, und ja, ich habe auch frei." Sie fühlt sich sofort viel besser und auch sein Gesichtsausdruck verrät Erleichterung.

Er erzählt ihr, dass er aus Südamerika kommt und an einem Studentenaustausch teilnimmt. Er vermisst seine Familie, seine Freunde und als er sie sah, fühlte er sich an seine Lieblingstante erinnert.

Ein leichter Stich, aber nur kurz – Lieblingstante? – das ist nett, das ist sogar sehr nett!

Cebollitas en escabeche dulce
süß marinierte Zwiebelchen

1 kg Zwiebelchen oder Schalotten
300 ml älterer, guter Essig (z.B. Aceto
balsamico)
300 ml warmes Wasser
3 Lorbeerblätter
8 Pfefferkörner
1 Gewürznelke
6 EL Honig
1 TL Salz

Die Zwiebelchen oder Schalotten schälen.

Den Honig im warmen Wasser auflösen und dann mit allen anderen Zutaten vermischen.

Die Zwiebelchen oder Schalotten in einem Bräter mit der Marinade übergießen und im Ofen bei guter Mittelhitze ca. 45 min zugedeckt garen, bis sie weich sind.

Auskühlen lassen, die Nelke entfernen und noch einmal mit Salz, Essig oder Zucker abschmecken.

Das bilinguale System
Tapa N°5: Tortilla Española

„Ich rufe dich später an." Mit diesen Worten beugt er sich über sie und gibt ihr einen langen Kuss. Zufrieden seufzt sie und räkelt sich genüsslich in dem zerwühlten Bett.

10 Tage und sie kann sich nicht mehr vorstellen, ohne ihn zu sein! „Er ruft mich an!", mit diesem Gedanken fällt sie noch einmal in einen tiefen, traumlosen Schlaf.

Sie erwacht spät und draußen ist so schönes Wetter, verdammt! Aber egal, sie will diesen Tag genießen, komme, was da wolle!

Nach dem Duschen überlegt sie, was sie unternehmen könnte. Spazieren gehen, ein Eis im Stadtgarten oder vielleicht ein Glas Wein in einem netten Lokal? Spazieren gehen und ein Eis essen, das ist genau das Richtige.

Es ist später Abend und noch kein Anruf! Sie tröstet sich, indem sie sich sagt, dass er viel um die Ohren hat.

Nach Mitternacht geht sie ins Bett, der Schlaf will sich diesmal nicht so schnell einstellen und sie wälzt sich hin und her. Ob ihm was passiert ist? Horrorszenarien tauchen vor ihrem inneren Auge auf. Und wenn sie ihn jetzt anruft? Nein, er hat gesagt, dass er sich meldet!

Am nächsten Tag immer noch kein Anruf, keine SMS, nichts! Was denkt sich dieser Kerl eigentlich? Pah, ich werde mir von dem doch nicht die Laune verderben lassen! Aber sie spürt, dass genau das gerade passiert.

Der Spruch ihrer Mutter fällt ihr ein. Sie hat ihn gehasst, aber vielleicht...? „Mädchen, willst du etwas gelten, dann mach dich bei den Männern selten." Huh, das ist vorsintflutlich, frühe Steinzeit!

Am Morgen danach kommt der Anruf: „Hallo, Schatz, hast du Lust, mit mir heute Abend essen zu gehen? Thailändisch oder lieber Japanisch?"

Sie schluckt, nicht nur, weil er so unbekümmert ist, sondern auch, weil eine ganze Armada von Vorwürfen in ihrer Kehle sitzt, die unbedingt heraus will.

Kühl sagt sie: „Tja, ich wollte heute eigentlich etwas mit Sabine unternehmen, da ich von dir ja nichts gehört habe." Da ist es doch heraus, so ein Mist!

„Oh, ja, gut, wenn du das so vereinbart hast, dann machen wir das eben morgen, ja?" Doch so hat sie sich das nun auch wieder nicht vorgestellt. Jetzt wird sie den ganzen Abend allein verbringen!

Schnell erwidert sie: „Nein, nein, ich würde lieber etwas mit dir machen. Um acht, beim Thailänder?" „Ja, gut, bis dann."

Sie haben gut gegessen, die Stimmung ist entspannt und sie muss einfach diese Frage stellen, sonst platzt sie. „Warum hast du mich letzten Sonntag nicht mehr angerufen, wie du gesagt hast? Ich hasse das!" Es dauert eine Weile, bis er versteht, was sie meint.

„Ach, habe ich das gesagt, dass ich nochmal anrufen würde?" „Ja, du sagtest, ich rufe dich später noch einmal an." „Ja, aber später heißt doch nicht unbedingt am selben Tag, das kann auch später in der Woche sein." „Also, für mich heißt das am selben Tag." „Gut, dann tut es mir Leid."

Aber jetzt reitet sie der Teufel und sie erwidert: „Okay, aber drück dich das nächste Mal klarer aus!" Jetzt wird auch er ungehalten, sie sieht es an den Falten zwischen seinen Brauen. „Pass auf, ich habe mich entschuldigt, wir hatten einen netten Abend, aber wenn das jetzt immer so geht, bei jedem kleinen Missverständnis, dann habe ich darauf keine Lust."

„Mädchen, willst du...," summt es in ihrem Kopf und gegen besseres Wissen sagt sie: „Gut, wenn du das so siehst, denke ich, ist es besser, wenn wir uns eine Weile nicht sehen."

Stumm sieht er sie an, sie blickt trotzig zurück. Dann lächelt er plötzlich und erleichtert grinst sie ihn an.

Dummer Spruch, wirklich tiefste Steinzeit!

Tortilla Española
Spanisches Omelett

2 mittelgroße, festkochende Kartoffeln
1 Zwiebel
6 Eier
Olivenöl
Salz, Pfeffer

Die Kartoffeln schälen, in dünne Scheiben hobeln.

Die Zwiebel schälen, in Ringe schneiden, dann vierteln.

Die Kartoffeln langsam in einer Pfanne in einem Esslöffel Olivenöl dünsten, dabei nicht braun werden lassen.

Den Deckel zum schnelleren Garen auflegen.

Nach ca. 10 min die Zwiebelringe dazugeben, ohne Deckel weiter garen lassen, die Zwiebeln und die Kartoffeln sollten noch knackig sein.

In der Zwischenzeit die Eier in eine große Schüssel geben und mit einem Schneebesen oder einer Gabel gut verschlagen.

Die Kartoffel-Zwiebel-Mischung in die Eiermasse geben und verrühren, das Ganze mit Salz und Pfeffer gut würzen.

Einen Esslöffel Olivenöl in die Pfanne geben, gut erhitzen und die Masse in die Pfanne geben. Sofort die Temperatur auf kleine Stufe stellen, den Deckel wieder auflegen.

Nach ca. 10 min, wenn das Ei an der Oberfläche gestockt ist, kann man das Omelett vorsichtig losschütteln und auf den Deckel oder einen Teller gleiten lassen.

Die Temperatur wieder erhöhen, vielleicht noch etwas Öl hinzugeben, und das Omelett auf der anderen Seite ca. 3-4 min bräunen, auf einem Teller auskühlen lassen.

In Kuchenstücke schneiden und noch lauwarm servieren.

Wilde Phantasien
Tapa N° 6: Ensalada de mariscos y apios

„Nimm mich jetzt, hier!" flüstert sie ihm ins Ohr. Sie fühlt, wie er schluckt. „Bist du verrückt, wir sind auf einer Vernissage!" entgegnet er leise. Sie kichert und versteckt diesen kleinen Ausbruch diskret hinter einem Hüsteln.

„Hast du denn keine Lust? Stell dir vor ...!" „Hör auf, das ist nicht in Ordnung, du weißt ..." „Was weiß ich?" haucht sie lasziv. Ihre Zunge berührt sein Ohrläppchen und spielt ein bisschen mit seiner Ohrmuschel. Sie hört seinen schneller werdenden Atem.

„Böses Mädchen!" „Ja, sei mein böser Junge!" Sie spürt seine wachsende Erregung und auch die kleinen Wellen der Lust in ihr. Ihr Blick fixiert seine Lippen und Zähne. Ja, er hat Raubtierzähne und einen vollen Mund, dessen Lippen sie jetzt gerne zwischen ihre kleinen, spitzen Eckzähne nehmen würde. Aber nein, nicht berühren und diese wunderbare Stimmung zerstören.

Er ist jetzt ganz wach, ganz Mann. Sie sieht das Glitzern in seinen Augen. Seine Hände suchen sie vorsichtig, umfassen ihre Oberschenkel, aber sie entzieht sich ihm, geht ein Stück weiter, so, als sei sie nicht weiter interessiert.

Sie fühlt ihn hinter sich, sein Becken an ihrem Po, und es fällt ihr schwer, weiterzugehen.

Gleichzeitig fühlt sie die wachsende Spannung der nicht erfüllten Begierde. Sie nimmt ein Glas Champagner und isst genüsslich ein angebotenes Krabben-Canapee. Ihre Zunge gleitet genießerisch über ihre Lippen, sie weiß, dass er sie atemlos beobachtet.

Ein Tablett mit Meeresfrüchten wird ihm gereicht und er beginnt mit seinem Spiel. Darauf hat sie gewartet!

Suchend geht sein Blick über die Köstlichkeiten und verharrt auf den frischen Austern. Der Kellner wird bereits ungeduldig, aber nur langsam nimmt er die Muschel und führt sie an die Lippen. Seine Zunge leckt vorsichtig daran und sie fühlt, wie sich alles an ihr aufrichtet.

Ohne ein weiteres Wort verlassen sie die Ausstellung und in der Tiefgarage entkleidet er sie langsam, legt sie auf die Kühlerhaube und dringt in sie ein. Langsam, tief und gewaltig, ohne sich selbst mehr Nacktheit zuzugestehen als die geöffnete Hose. Sie seufzt ...

„Schatz, ist dir nicht gut? Sollen wir nach Hause gehen?" Erschrocken und von ganz weit her antwortet sie: „Ja, ich denke, das sollten wir, sofort!" Erstaunt legt er den Arm um sie und denkt: „Dieses Lächeln, ich hätte Lust, sie hier und jetzt ..., aber sicher wird ihr das nicht so gefallen. Sie wird mich für verrrückt erklären!"

Ensalada de mariscos y apios
Meeresfrüchtesalat mit Staudensellerie

3 Stangen Staudensellerie
1 kg rohe gemischte Meeresfrüchte
(ungefähr in gleiche Größe geschnitten)
100 ml trockener Weißwein
3 Knoblauchzehen, zerdrückt
1 Bund Petersilie, gehackt
Saft einer ½ Zitrone
Salz
Chilipulver
Olivenöl

Den Staudensellerie putzen, waschen in hauchdünne Scheiben schneiden.

Reichlich Olivenöl in einer großen Pfanne stark erhitzen.

Die Meeresfrüchte unter ständigem Wenden anbraten. Den Staudensellerie dazugeben und vorsichtig salzen.

Mit dem Weißwein ablöschen, drei/vier Minuten schmoren lassen, bis die Tintenfische weich sind.

Die Pfanne vom Herd nehmen und den Knoblauch sowie die Petersilie unterrühren.

Mit Zitronensaft, Salz, Olivenöl und etwas Chili abschmecken und kalt servieren.

Liebeszauber
Tapa N° 7: Albondigas de espinacas

Er sieht sie an und es durchfährt ihn wie ein Blitz: „Sie ist es!" Ihre Augen sagen es ihm.

Still schwingen die Worte zwischen ihnen. Er weiß, das ist der Moment, auf den er immer gewartet hat. Die Gewissheit!

Er versinkt in ihrem Blick und sein Herz schlägt fühlbar, stark und fest. Nicht wie sonst, wenn er sich verliebt. Kein flatternder Schmetterling, kein atemloses Hecheln.

„Das muss die Liebe sein", denkt er bei sich.

Er empfängt ihr Lächeln, zauberhaft und strahlend, und wünscht sich nichts sehnlicher als dieses Gesicht, jeden Tag, für den Rest seines Lebens.

Aber er wird warten müssen, bis sie so weit ist. Er darf nichts überstürzen, nichts zerstören, was hier wächst und hoffentlich gedeiht.

Er wird sich ihrer Führung anvertrauen und ihr folgen. Sie sind füreinander bestimmt, Marcos zwölfjährige Schwester und er, 28 und Marcos bester Freund.

Albondigas de espinacas
Spinat-Ricotta-Bällchen

500 g Blattspinat, tiefgefroren oder frisch
500 g Ricotta (auch Hütten- oder Frischkäse)
200 g Parmesan, frisch gerieben
Muskatnuss
Knoblauch
evtl. Chilipulver
Salz, Pfeffer

Den gefrorenen Spinat auftauen oder den frischen putzen, waschen.

Kurz in einem großen Topf in Olivenöl zusammenfallen, dann abkühlen lassen.

Den Spinat sehr gut ausdrücken (ansonsten ist er zu nass für die Masse), mit einem großen Messer leicht zerhacken.

Den Ricotta (Hütten- oder Frischkäse) mit dem Spinat mischen und so viel Parmesan dazugeben und unterkneten, bis die Masse beim Rollen nicht mehr klebt.

Mit Salz, Pfeffer, Muskatnuss, Knoblauch und evtl. Chilipulver abschmecken.

Den restlichen Parmesan auf einen Teller geben.

Mit den Händen aus der Masse kleine Bällchen rollen und abschließend im Parmesan auf dem Teller wälzen.

Kalt servieren.

Zyklus
Tapa N° 8: Pollo marinado frito

Nie wieder! Nie wieder! Nie wieder!

Aufrecht steht sie, aber ihr Innerstes liegt zusammengerollt, vor Schmerz, Angst und Ratlosigkeit.

Warum musste sie sich immer in den Falschen verlieben? Warum gab es keine Happy Ends für sie? Was machte sie falsch?

Fragen über Fragen und keine Antworten. Aber eins ist ihr klar: nie wieder!

Der Frühling kommt und sie geht die Straße entlang. Glücklich, strahlend, ein Männerarm schmiegt sich um ihre Schultern.

Beschwingt gehen sie, die Welt kann gar nicht groß genug für sie sein.

Ihre Blicke treffen sich, ihre Hände suchen sich, ihre Körper finden sich.

Einen Frühling, einen Sommer, ein Leben lang? Wer weiß das schon? Aber gibt es etwas Schöneres als die Gesten und Gesichter Liebender?

Sie wird es genießen und vielleicht gewinnen oder verlieren, aber sie lebt und liebt.

Pollo marinado frito
Gebratenes Hühnchen, mariniert

1 Rosmarinzweig
3 EL Honig
4 EL warmes Wasser
200 ml Sojasauce
2 Knoblauchzehen, zerdrückt
1 TL Salz
½ Mokkalöffel Chilipulver
1 Mokkalöffel Rosenpaprika
1 kg Hühnerunterschenkel oder –flügel

Den Rosmarin vom Zweig zupfen und kleinhacken.

Den Honig in warmem Wasser auflösen.

Alle Zutaten zu einer Marinade verrühren und die Hühnerteile darin einlegen. Danach luftdicht in einer Schüssel, mit Folie oder Glasdeckel abgedeckt, über Nacht ziehen lassen (Kühlschrank).

Die Hühnerteile abtropfen lassen, im heißen Ofen
- Umluft/Grill 180°C
- Ober-/Unterhitze 200°C)
auf dem Rost knusprig braun grillen, ca. 20 – 30 min.
Mehrmals mit der Marinade bepinseln und darauf achten, dass der Honig nicht verbrennt.

Warm oder kalt servieren.

Selbstliebe
Tapa N° 9: Filete de cerdo con
curry y naranjas

„Bin das ich?"

Erschrocken blickt sie in den Spiegel und sieht sich seit Jahren das erste Mal wieder richtig. Nicht nur den Blick auf Haare, Make-up, Haut oder Fettpölsterchen gerichtet. Nein, ganz!

Sie ist immer noch schön, aber das sieht sie nicht. Sie erkennt sich nicht mehr. Verliert sich in ihrem Spiegelbild, löst sich von dem Anblick, um gleich wieder zurückzukehren.

Sie weiß nicht, wie lange sie schon so steht. Ihr wird es kalt, aber sie kann sich nicht abwenden: ihr Bild im Spiegel.

Plötzlich muss sie kichern, auch das wiedergegeben. Sie tänzelt und tanzt, sie lacht und wirft die Arme in die Luft. Sie legt sich aufs Bett, schaut sich an, nimmt sich wahr.

Sie legt sich auf den Bauch und grinst ihr Gegenüber an. Erinnerungen aus Kindertagen sind auf einmal da, eine unendliche, glückliche und verzauberte Welt.

„Spieglein, Spieglein an der Wand, wer ist die Schönste im ganzen Land?"

„Du!" flüstert eine Stimme an ihrem Ohr.

Filete de cerdo con curry y naranjas
Schweinefilet in Curry-Orangen-Sauce

3 mittlere Schweinefilets
2 EL Olivenöl
4 Orangen, möglichst fleischig und kernlos
100 ml Orangensaft
100 ml Fleischbrühe
1 Knoblauchzehe, zerdrückt
1 Prise getrockneter Thymian
(wenn möglich Zitronenthymian)
1 EL Currypulver
1 Bund gehacktes Koriandergrün
Salz, Pfeffer
Butter

Die Schweinefilets mit einem scharfen Messer von Fett und allen Häutchen befreien.

In dünne Streifen, ca. 5 mm, schneiden, pfeffern und mit Thymian, Knoblauch und Olivenöl vermischen.

Die Orangen werden wie beschrieben filetiert
- die Orangen mit einem scharfen Messer bis auf das Fruchtfleisch spiralförmig schälen
- das weiße Häutchen muss komplett entfernt sein
- die Filets keilförmig herausschneiden
- das restliche Fruchtfleisch ausdrücken und den Saft auffangen

Das Fleisch in der schäumenden Butter von allen Seiten anbraten, dann aus der Pfanne nehmen.

Den Orangensaft und die Fleischbrühe in die heiße Pfanne gießen, das Currypulver dazugeben und alles schnell auf ein Drittel der Flüssigkeit einkochen.

Die Orangenfilets und das Fleisch dazugeben und nochmals ca. 2 min ziehen lassen. Dann das Koriandergrün unterrühren.

Warm servieren.

Gedankenspiel
Tapa N° 10: Conejo agri-dulce

Oh, Gott, ich habe sie geküsst! Gott, war das gut! Ich schmecke sie jetzt nocht.

Aber ist das richtig? Ja. Nein. Ach, egal. Vielleicht. Abgerechnet wird zum Schluss!

Aus welchem Film ist das nochmal? Vergessen! Wie komme ich denn jetzt darauf?

Ich bin ganz schön daneben. Komplett verwirrt. Was mache ich denn jetzt? Sie ist verheiratet und ich auch!

Vielleicht fühle ja nur ich so? Vielleicht war es für sie nur ein Spiel? Ach, nein, sie ... und wenn nicht?

Tja, dann wars das eben! Auch egal. Nein, nicht egal! Was sage ich denn da?

Ob ich mit jemandem darüber sprechen kann? Nur, mit wem? Mit meinen ...? Nein, nicht mit denen! Bestimmt nicht! Das würden die nicht verstehen, so was und dann? Nicht auszudenken!

Aber ich muss sie wiedersehen! Ich muss es wissen!

Und sie? Ob ich sie anrufen soll? Besser nicht!
Oder doch? Und wenn ich nun einfach zu ihr
gehe und sage „Ich habe mich in dich
verliebt"?

Und wenn sie dann lacht und mich wegschickt?

Ach was, ich sage nichts! Besser vergessen!
Abhaken! Nur ein Ausrutscher aus Langeweile.
Genau, das wars! Alltag, der Liebestöter.

Und wenn nicht? Wenn ich nun so bin und gar
nicht, wie ich immer dachte?
Homosexuell, lesbisch, schwul?

Gott, will ich das sein?

Conejo agri-dulce
Kaninchen süß-sauer

4 Kaninchenschenkel
3 Knoblauchzehen, in Scheiben geschnitten
2 EL Zucker
100 ml trockener Weiß- oder Roséwein
200 ml Geflügelbrühe
200 ml Rotweinessig
70 g Sultaninen oder Rosinen
150 g Pinienkerne
Salz, Pfeffer
Olivenöl

Die Kaninchenschenkel von allen Seiten in Olivenöl anbraten, salzen und pfeffern.
Den Knoblauch mitbraten, bevor er goldbraun wird, den Zucker dazugeben und karamelisieren lassen.

Mit dem Weiß- oder Roséwein ablöschen, die Pinienkerne und Rosinen dazugeben und alles leicht einkochen lassen.

Mit der Brühe bedecken und alles garen bis das Fleisch sich leicht vom Knochen löst und die Flüssigkeit gut reduziert ist.

Mit Salz, Pfeffer und der Hälfte des Rotweinessigs abschmecken und nochmals aufkochen lassen.
Mit dem restlichen Essig abschmecken.

Lauwarm oder kalt servieren.

Alter Wein
Tapa N° 11: Garbanzos con pasas y nueces

Leise huscht er über den Flur. Mist! Da knarrt eine Diele. Er bleibt stehen und lauscht. Hat ihn jemand gehört? Hoffentlich nicht! Was soll er dann sagen?

Ängstlich presst er die Flasche Wein an seine Brust. Sein Herz hämmert vor Panik und Aufregung.

In seinem Pyjama steht er da und wartet auf die Tür, die aufgeht. Das Bild, das er abgibt, im Schlafanzug, eindeutig auf dem Weg zu ihr, das Verbot missachtend, die Regeln dieses Hauses brechend!

Auf seiner Oberlippe bilden sich Schweißperlen. Vielleicht sollte er umkehren, nichts riskieren und ...? Entschlossen dreht er sich um und schleicht zurück. Vor seiner Tür schaut er noch einmal vorsichtig über seine Schulter.

Da steht sie in ihrer Tür und lächelt ihn an, macht ihm Mut zurückzukommen. Aus ihrem Zimmer fällt das gedämpfte Licht auf ihr weißes Haar, das nun silbern schimmert.

Jetzt weiß er wieder, warum er noch lebt und atmet! Er strafft sich, lächelt zurück und geht beschwingt auf sie zu.

Garbanzos con pasas y nueces
Kichererbsen mit Rosinen und Nüssen

500 g Kichererbsen in der Dose
(250 g getrocknete)
¼ l Gemüsebrühe
100 g Rosinen
150 g gestiftete Mandeln und andere Nüsse
(auch Nussmischungen)
1 Zwiebel, gewürfelt
2 Knoblauchzehen, in Scheiben geschnitten
1 Lorbeerblatt
1 Bund frische Petersilie, gehackt
Salz, Pfeffer
1 Messerspitze Chilipulver
Olivenöl

Getrocknete Kichererbsen

- über Nacht in Wasser einweichen
- Kichererbsen, die an der Oberfläche schwimmen, entfernen
- das Einweichwasser über einem Sieb abgießen
- Die Kichererbsen in reichlich frischem Wasser mit dem Lorbeerblatt ca. 2 Stunden weichkochen, anschließend abgießen

Die Zwiebelwürfel und den Knoblauch in Olivenöl andünsten, die Kichererbsen dazugeben (aus der Dose vorher über einem Sieb abgießen) und salzen.

Die Gemüsebrühe zufügen, die Rosinen dazugeben und ca. 5 min auf hoher Temperatur einkochen lassen.

In der Zwischenzeit die Mandeln und/oder Nüsse in einer trockenen Pfanne und ständigem Schwenken vorsichtig rösten.

Die Mandeln und/oder Nüsse zu den Kichererbsen geben, mit Salz und Pfeffer sowie einer Messerspitze Chili abschmecken.

Lauwarm servieren.
Kalt mit viel gehackter Petersilie servieren.

Haltbarkeit
Tapa N° 12: Pechuga de pato con higos

Die neue Nachbarin klingelt an der Tür und hofft, dass die ältere Dame ihr öffnet. Zu oft hat sie gelesen, dass einsame Menschen sterben und niemand sie vermisst.

Sie möchte nicht diejenige sein, die sie findet. Wann hat sie sie das letzte Mal gesehen? Gestern, vorgestern? Da! Trippelnde kleine Schritte, denkt sie erleichtert.

„Hallo, wie schön, Sie sind pünktlich! Kommen Sie bitte herein! Der Kaffee ist fertig und der Kuchen steht auf dem Tisch."

Sie folgt der älteren in ein großes, helles Wohnzimmer, in dem ihr sofort die unzähligen Fotografien, Porträts und Gruppenfotos auffallen. Neugierig versucht sie einen Blick darauf zu werfen.

„Setzen Sie sich doch bitte! Was darf ich Ihnen anbieten, Kirsch- oder Nusskuchen?" Aufgeregt und rührend kümmert sich die alte Dame um ihren Gast. Keine Minute kommt sie zur Ruhe.

Endlich sitzt auch sie still und nur das Ticken der großen Standuhr ist zu hören.

„Ist das Ihre Familie?" beginnt die Nachbarin ein Gespräch. Dabei nickt sie in Richtung der Bildergalerie.

Sofort leuchten die Augen der anderen und freudig erzählt sie zu jedem Foto eine Geschichte oder Anekdote. Glücklich strahlt sie und spricht über Neffen, Tanten, Enkel und Kinder.

Während diese Informationsflut auf sie einstürmt, überlegt ihre Zuhörerin, ob sie außer der Putzfrau und einer anderen Frau aus der Nachbarschaft jemals jemand anderen hier gesehen hat. Nein, sie ist sich sicher! Jedenfalls nicht in den sechs Monaten, die sie hier schon wohnt.

Mitfühlend betrachtet sie ihr Gegenüber. Diese rührende alte Dame, die mittlerweile eine ganze Kollektion Bilder von Wänden und Anrichten zur Untermalung ihrer Erzählungen herbeigeholt hat.

„Hätten Sie einmal Lust, mit mir spazieren oder ins Theater zu gehen?" Überrascht schaut die in ihren Ausführungen Unterbrochene ihren Gast an.

„Das ist aber lieb, dass Sie fragen! Aber ich habe keine Zeit. Wie Sie sehen, habe ich eine große Familie."

Freudestrahlend sagt sie das und die andere wünscht sich nur noch, schnell aus diesem Wohnzimmer herauszukommen. Es erscheint ihr nun wie ein Mausoleum, gefüllt von toten Erinnerungen.

Sobald es die Höflichkeit erlaubt, verabschiedet sie sich und dankt für die Einladung. Lächelnd winkt die alte Dame ihr noch eine Weile hinterher und schließt dann die Tür.

In ihrem Wohnzimmer nimmt sie dann jedes Foto oder Bild einzeln in die Hand, streichelt es zärtlich und flüstert ein paar liebevolle Worte, bevor sie es behutsam an seinen Platz zurückbringt.

Pechuga de pato con higos
Entenbrust mit Feigen

3 ganze Entenbrüste, ausgelöst aus dem
Knochen
5-6 frische Feigen
100 ml Rotwein
100 ml süßer Fruchtsaft
(Kirsche, Pflaume o.ä.)
Salz, Pfeffer

Mit einem scharfen Messer die Haut mit dem
Fett von den Entenbrüsten ablösen, in kleine
Würfel schneiden.

Die Brüste quer in 5 mm dicke Scheiben
schneiden.

Die Feigen kurz abwaschen, den Stiel am
Ansatz abschneiden. Die Früchte achteln.

Die Fleischscheiben auf beiden Seiten in einer
tiefen Pfanne ca. eine Minute auf jeder Seite
anbraten, dabei salzen und pfeffern. Das
Fleisch aus der Pfanne nehmen.

Die Feigen in die Pfanne geben, kurz
andünsten, mit dem Wein und dem Fruchtsaft
angießen und ca. 5 min köcheln lassen.

In der Zwischenzeit die Hautwürfel in einer anderen Pfanne in Pflanzenöl auslassen, bis sie knusprig sind. Durch ein Sieb abgießen.

Die Fleischscheiben wieder zu den Feigen geben, mit Salz und Pfeffer abschmecken. Kurz nochmals aufkochen lassen.

Mit den knusprigen Hautwürfeln bestreuen und warm servieren.

Verfallsdatum
Tapa N° 13: Champiñones rellenos

Sie sitzt in der Küche und weint. Heute Morgen ist sie aufgewacht und hat es gewusst. Vorbei, aus, Abschied!

Unsägliche Traurigkeit breitet sich in ihr aus, nimmt von ihr Besitz, überspült sie. Ihr Tränenstrom scheint unaufhörlich, ein Berg Taschentücher türmt sich vor ihr auf und es ist kein Ende abzusehen.

Was soll sie nur sagen, wenn er nach Hause kommt? Er kennt sie nicht so, verweint und völlig aufgelöst.

Entschlossen steht sie auf und beginnt aufzuräumen.

Es ist Abend, sie haben gegessen und sitzen vor dem Fernseher. Sie betrachtet ihn unauffällig und nimmt vielleicht zum ersten Mal die grauen Haare, die Falten wahr, seine Verletzlichkeit und Unsicherheit.

Natürlich hat er bemerkt, dass heute etwas nicht stimmt. Und genauso selbstverständlich hat er nicht weiter gefragt.

Sie zieht sich zurück, während das Programm an ihr vorbeiflimmert, lässt die Jahre vorbeiziehen, kleine und große Ereignisse, nimmt Abschied vom Gestern.

„Ich liebe dich", sagt sie laut und begrüßt das Neue.

Überrascht dreht er sich um. Es ist lange her, dass sie das zu ihm, dass er es zu ihr gesagt hat.

„Ich dich auch, genauso wie am ersten Tag." Seine Stimme ist ein bisschen kratzig, als müsste sie mal wieder geölt werden.

Glücklich lächelt sie ihn an und freut sich auf morgen.

Champiñones rellenos
Gefüllte Champignons

15 große Champignons
1 Zwiebel, sehr fein gehackt
1 Bund frische Petersilie, gehackt
2 Knoblauchzehen, fein gehackt
150 g geriebener Hartkäse
(Parmesan, Manchego, Emmentaler)
2 EL Paniermehl
Butter
Thymian, frisch oder getrocknet
Muskatnuss, Salz, Pfeffer

Die Champignons putzen

- falls noch vorhanden, die Wurzeln abschneiden
- die Stiele vorsichtig herausdrehen
- unter fließendem Wasser abwaschen
- die Champignonköpfe mit einem feuchten Tuch vorsichtig abreiben

Die Stiele hacken, mit der Zwiebel in Butter bei mittlerer Hitze ca. 5 min andünsten, dann erst die Petersilie dazugeben.

Alles etwas abkühlen lassen und anschließend in einer Schüssel mit dem Knoblauch, dem Käse und dem Paniermehl vermengen.

Mit Thymian, Muskatnuss, Salz und Pfeffer gut abschmecken.

Die Mischung in die Champignonköpfe füllen.

Eine feuerfeste Form oder Backform mit Butter auspinseln und die Köpfe hineinsetzen.

Auf jede Füllung ein kleines Stück Butter geben.

Bei 200°C (Umluft/Grill) oder 220°C (Ober/Unterhitze) ca. 20 min grillen.

Warm servieren.

Nachwort

Die Liebe kommt still daher. Sie ist nicht pompös, sondern bescheiden. Sie tut weh, befreit, erschwert, prüft und doch verlangt sie nichts.

So facettenreich wie die Menschen selbst, so ist auch die Liebe, mal Fluch, mal Gnade. Geliebt und wiedergeliebt werden, das ist der Traum aller, aber oft steht uns das „wie" im Weg.

Nicht selten entscheidet die Form mehr als der Inhalt und das nicht nur bei Äußerlichkeiten wie Schönheit. Jeder träumt von dem großen Augenblick und hat schon einen festen Plan über den Ablauf im Kopf.

Ist es endlich so weit, wollen wir, dass Schablone und Wirklichkeit sich entsprechen, ansonsten sind wir enttäuscht oder zumindest nicht so zufrieden mit der Regie.

Und so rennen wir unseren Träumen und hohen Idealen hinterher und versäumen es, die kleinen Momente der Liebe zu schätzen:

ein Kinderlächeln
eine liebevolle Umarmung
ein unverhofftes Geschenk
einen zärtlichen Blick
einen ehrlichen Händedruck

Am Ende zählen nur noch diese Augenblicke im Leben, um uns daran zu erinnern, wie sehr wir liebten und geliebt wurden.

Ich danke allen Menschen, denen ich bisher begegnet bin, die mir ihre Freundschaft, ihr Vertrauen und ihre Zuneigung gegeben haben. Die mich wachrütteln, wenn ich wieder einmal im Alltag „versumpfe", die mich bewusst oder auch unfreiwillig an ihrem Leben teilhaben lassen und mich Immer wieder aufbauen, wenn ich an mir zweifle.

Liebe berauscht, sagt man.
Liebe ernüchtert, sagt man.
Liebe lässt klar sehen, sagt man.
Liebe macht blind.
Liebe verdirbt.
Liebe veredelt.
Liebe stärkt.
Liebe schwächt.
Liebe bringt Pein und Liebe bringt Glück.
Wo, wer ist jener Sagtman?
Liebe macht gar nichts, erwidere ich ihm.
Wir machen die Liebe zu dem,
was sie uns wird.

Gottfried Keller

Die Personen und Ereignisse in meinen Geschichten sind frei erfunden, könnten aber so oder ähnlich jedem jederzeit begegnen oder passieren.